AF571124

LE VASE ÉTRUSQUE

Prosper Mérimée

Copyright pour le texte et la couverture © 2023 Culturea
Edition : Culturea (culurea.fr), 34 Hérault
Contact : infos@culturea.fr
Impression : BOD, Norderstedt (Allemagne)
ISBN : 9791041973033
Date de publication : juillet 2023
Mise en page et maquettage : https://reedsy.com/
Cet ouvrage a été composé avec la police Bauer Bodoni
Tous droits réservés pour tous pays.

LE VASE ÉTRUSQUE

Auguste Saint-Clair n'était point aimé dans ce qu'on appelle le monde; la principale raison, c'est qu'il ne cherchait à plaire qu'aux gens qui lui plaisaient à lui-même. Il recherchait les uns et fuyait les autres.

D'ailleurs il était distrait et indolent. Un soir, comme il sortait du Théâtre-Italien, la marquise A*** lui demanda comment avait chanté Mlle Sontag. “ Oui, madame ”, répondit Saint-Clair en souriant agréablement, et pensant à tout autre chose. On ne pouvait attribuer cette réponse ridicule à la timidité ; car il parlait à un grand seigneur, à un grand homme et même à une femme à la mode, avec autant d'aplomb que s'il eût entretenu son égal. - La marquise décida que Saint-Clair était un prodige d'impertinence et de fatuité.

Mme B*** l'invita à dîner un lundi. Elle lui parla souvent ; et, en sortant de chez elle, il déclara que jamais il n'avait rencontré de femme plus aimable. Mme B*** amassait de l'esprit chez les autres pendant un mois, et le dépensait chez elle en une soirée. Saint-Clair la revit le jeudi de la même semaine. Cette fois, il s'ennuya quelque peu. Une autre visite le détermina à ne plus reparaître dans son salon. Mme B *** publia que Saint-Clair était un jeune homme sans manières et du plus mauvais ton.

Il était né avec un coeur tendre et aimant ; mais, à un âge où l'on prend trop facilement des impressions qui durent toute la vie, sa sensibilité trop expansive lui avait attiré les railleries de ses camarades. Il était fier, ambitieux ; il tenait à l'opinion comme y tiennent les enfants.

Dès lors, il sc fit une étude de cacher tous les dehors de ce qu'il regardait comme une faiblesse déshonorante. Il atteignit son but ; mais sa victoire lui coûta cher. Il put celer aux autres les émotions de son âme trop tendre; mais, en les renfermant en lui-même, il se les rendit cent fois plus cruelles. Dans le monde, il obtint la triste réputation d'insensible et d'insouciant et, dans la solitude, son imagination inquiète lui créait des tourments d'autant plus affreux qu'il n'aurait voulu en confier le secret à personne.

Il est vrai qu'il est difficile de trouver un ami!

“ Difficile! Est-ce possible? Deux hommes ont-ils existé qui n'eussent pas de secret l'un pour l'autre? ” Saint-Clair ne croyait guère à l'amitié, et l'on s'en apercevait. On le trouvait froid et réservé avec les jeunes gens de la société. Jamais il ne les questionnait sur leurs secrets; mais toutes ses pensées et la plupart de ses actions étaient des mystères pour eux. Les Français aiment à parler d'eux-mêmes ; aussi Saint-Clair était-il, malgré lui, le dépositaire de bien des confidences. Ses amis, et ce mot désigne les personnes que nous voyons deux fois par semaine, se plaignaient de sa méfiance à leur égard ; en effet, celui qui, sans qu'on l'interroge, nous fait part de son secret, s'offense ordinairement de ne pas apprendre le nôtre. On s'imagine qu'il doit y avoir réciprocité dans l'indiscrétion.

“ Il est boutonné jusqu'au menton, disait un jour le beau chef d'escadron Alphonse de Thémines ; jamais je ne pourrai avoir la moindre confiance dans ce diable de Saint-Clair - Je le crois un peu jésuite, reprit Jules Lambert; quelqu'un m'a juré sa parole qu'il l'avait rencontré deux fois sortant de Saint-Sulpice. Personne ne sait ce qu'il pense. Pour moi, je ne pourrai jamais être à mon aise avec lui. ” Ils se séparèrent. Alphonse rencontra Saint-Clair sur le boulevard Italien, marchant la tête baissée et sans voir personne. Alphonse l'arrêta, lui prit le bras, et, avant qu'ils fussent arrivés à la rue de la Paix, il lui avait raconté toute l'histoire de ses amours avec Mme ***, dont le mari est si jaloux et si brutal.

Le même soir, Jules Lambert perdit son argent à l'écarté. Il se mit à danser. En dansant, il coudoya un homme qui, ayant aussi perdu tout son argent, était de fort mauvaise humeur. De là quelques mots piquants :

rendez-vous pris. Jules pria Saint-Clair de lui servir de second et, par la même occasion, lui emprunta de l'argent, qu'il a toujours oublié de lui rendre.

Après tout, Saint-Clair était un homme assez facile à vivre. Ses défauts ne nuisaient qu'à lui seul. Il était obligeant, souvent aimable, rarement ennuyeux. Il avait beaucoup voyagé, beaucoup lu, et ne parlait de ses voyages et de ses lectures que lorsqu'on l'exigeait.

D'ailleurs, il était grand, bien fait ; sa physionomie était noble et spirituelle, presque toujours trop grave ; mais son sourire était plein de grâce.

J'oubliais un point important. Saint-Clair était attentif auprès de toutes les femmes, et recherchait leur conversation plus que celle des hommes. Aimait-il?

C'est ce qu'il était difficile de décider. Seulement, si cet être si froid ressentait de l'amour, on savait que la jolie comtesse Mathilde de Coursy devait être l'objet de sa préférence. C'était une jeune veuve chez laquelle on le voyait assidu. Pour conclure à leur intimité, on avait les présomptions suivantes : d'abord la politesse presque cérémonieuse de Saint-Clair pour la comtesse, et vice versa ; puis son affectation de ne jamais prononcer son nom dans le monde ; ou, s'il était obligé de parler d'elle, jamais le moindre éloge ; puis, avant que Saint-Clair lui fût présenté, il aimait passionnément la musique, et la comtesse avait autant de goût pour la peinture. Depuis qu'ils s'étaient vus, leurs goûts avaient changé. Enfin, la comtesse ayant été aux eaux l'année passée, Saint-Clair était parti six jours après elle.

Mon devoir d'historien m'oblige à déclarer qu'une nuit du mois de juillet, peu de moments avant le lever du soleil, la porte du parc d'une maison de campagne s'ouvrit, et qu'il en sortit un homme avec toutes les précautions d'un voleur qui craint d'être surpris. Cette maison de campagne appartenait à Mme de Coursy, et cet homme était Saint-Clair. Une femme, enveloppée dans une pelisse, l'accompagna jusqu'à la porte, et passa la tête en dehors pour le voir encore plus longtemps tandis qu'il s'éloignait en descendant le sentier qui longeait le mur du parc. Saint-Clair s'arrêta, jeta autour de lui un coup d'oeil circonspect, et de la main fit signe à cette femme de rentrer. La clarté d'une nuit d'été lui permettait de distinguer sa figure pâle, toujours immobile à la même place. Il revint sur ses pas, s'approcha d'elle et la serra tendrement dans ses bras. Il voulait l'engager à rentrer ; mais il avait encore cent choses à lui dire. Leur conversation durait depuis dix minutes, quand on entendit la voix d'un paysan qui sortait pour aller travailler aux champs. Un baiser est pris et rendu, la porte est fermée, et Saint-Clair d'un saut, est au bout du sentier.

Il suivait un chemin qui lui semblait bien connu. Tantôt il sautait presque de joie, et courait en frappant les buissons de sa canne ; tantôt il s'arrêtait ou marchait lentement, regardant le ciel qui se colorait de pourpre du côté de l'orient. Bref, à le voir, on eût dit un fou enchanté d'avoir brisé sa cage. Après une demi-heure de marche, il était à la porte d'une petite maison isolée qu'il avait louée pour la saison. Il avait une clef: il entra, puis il se jeta sur un grand canapé et là, les yeux fixes, la bouche courbée par un doux sourire, il pensait, il rêvait tout éveillé. Son imagination ne lui présentait alors que des pensées de bonheur “ Que je suis heureux! se disait-il à chaque instant. Enfin je l'ai rencontré ce coeur qui comprend le mien!... - Oui, c'est mon idéal que j'ai trouvé... J'ai tout à la fois un ami et une maîtresse...

Quel caractère!... quelle âme passionnée!... Non, elle n'a jamais aimé avant moi... " Bientôt, comme la vanité se glisse toujours dans les affaires de ce monde : " C'est la plus belle femme de Paris ", pensait-il. Et son imagination lui retraçait à la fois tous ses charmes. - " Elle m'a choisi entre tous. Elle avait pour admirateurs l'élite de la société. Ce colonel de hussards si beau, si brave, et pas trop fat ; - ce jeune auteur qui fait de si jolies aquarelles et qui joue si bien les proverbes ; - ce Lovelace russe qui a vu le Balkan et qui a servi sous Diébitch, - surtout Camille T***, qui a de l'esprit certainement, de belles manières, un beau coup de sabre sur le front... elle les a tous éconduits. Et moi!... " Alors venait son refrain : "

Que je suis heureux! que je suis heureux! " Et il se levait, ouvrait la fenêtre, car il ne pouvait respirer ; puis il se promenait, puis il se roulait sur son canapé.

Un amant heureux est presque aussi ennuyeux qu'un amant malheureux. Un de mes amis, qui se trouvait souvent dans l'une ou l'autre de ces deux positions, n'avait trouvé d'autre moyen de se faire écouter que de me donner un excellent déjeuner pendant lequel il avait la liberté de parler de ses amours ; le café pris, il fallait absolument changer de conversation.

Comme je ne puis donner à déjeuner à tous mes lecteurs, je leur ferai grâce des pensées d'amour de saint-Clair. D'ailleurs, on ne peut pas toujours rester dans la région des nuages. Saint-Clair était fatigué, il bâilla, étendit les bras, vit qu'il était grand jour ; il fallait enfin penser à dormir Lorsqu'il se réveilla, il vit à sa montre qu'il avait à peine le temps de s'habiller et de courir à Paris, où il était invité à un déjeuner-dîner avec plusieurs jeunes gens de sa connaissance.

On venait de déboucher une autre bouteille de vin de Champagne; je laisse au lecteur à en déterminer le numéro. Qu'il lui suffise de savoir qu'on en était venu à ce moment, qui arrive assez vite dans un déjeuner de garçons, où tout le monde veut parler à la fois, où les bonnes têtes commencent à concevoir des inquiétudes pour les mauvaises.

" Je voudrais, dit Alphonse de Thémines, qui ne perdait jamais une occasion de parler de l'Angleterre, je voudrais que ce fût la mode à Paris comme à Londres de porter chacun un toast à sa maîtresse. De la sorte nous saurions au juste pour qui soupire notre ami Saint-Clair " ; et, en parlant ainsi, il remplit son verre et ceux de ses voisins.

Saint-Clair, un peu embarrassé, se préparait à répondre ; mais Jules Lambert le prévint :

“ J'approuve fort cet usage, dit-il, et je l'adopte ” ; et, levant son verre : “À toutes]es modistes de Paris! J'en excepte celles qui ont trente ans, les borgnes et les boiteuses, etc.

- Hourra! hourra! ” crièrent les jeunes anglomanes.

Saint-Clair se leva, son verre à la main :

“ Messieurs, dit-il, je n'ai point un coeur aussi vaste que notre ami Jules, mais il est plus constant. Or ma constance est d'autant plus méritoire que, depuis longtemps, je suis séparé de la dame de mes pensées. Je suis sûr cependant que vous approuvez mon choix, si toutefois vous n'êtes pas déjà mes rivaux. À Judith Pasta, messieurs! Puissions-nous revoir bientôt la première tragédienne de l'Europe! ”

Thémines voulait critiquer le toast ; mais les acclamations l'interrompirent. Saint-Clair ayant paré cette botte se croyait hors d'affaire pour la journée.

La conversation tomba d'abord sur les théâtres. La censure dramatique servit de transition pour parler de la politique. De Lord Wellington, on passa aux chevaux anglais, et, des chevaux anglais, aux femmes par une liaison d'idées facile à saisir ; car pour des jeunes gens, un beau cheval d'abord et une jolie maîtresse ensuite sont les deux objets les plus désirables.

Alors, on discuta les moyens d'acquérir ces objets si désirables. Les chevaux s'achètent, on achète aussi des femmes ; mais, de celles-là, n'en parlons point. Saint-Clair, après avoir modestement allégué son peu d'expérience sur ce sujet délicat, conclut que la première condition pour plaire à une femme, c'est de se singulariser, d'être différent des autres. Mais y a-t-il une formule générale de singularité? Il ne le croyait pas.

“ Si bien qu'à votre sentiment, dit Jules, un boiteux ou un bossu sont plus en passe de plaire qu'un homme droit et fait comme tout le monde?

- vous poussez les choses bien loin, répondit Saint-Clair mais j'accepte, s'il le faut, toutes les conséquences de ma proposition. Par exemple, si j'étais bossu, je ne me brûlerais pas la cervelle et je voudrais faire des conquêtes. D'abord, je ne m'adresserais qu'à deux sortes de femmes, soit à celles qui ont une véritable sensibilité, soit aux femmes, et le nombre en est grand, qui ont la prétention d'avoir un caractère original, eccentric, comme on dit en Angleterre. Aux premières, je peindrais l'horreur de ma position, la cruauté de la nature à mon égard. Je tâcherais de les apitoyer sur mon sort, je saurais leur faire soupçonner que je suis capable d'un amour passionné. Je tuerais en duel un de mes rivaux, et je m'empoisonnerais avec une faible dose de laudanum. Au bout de quelques mois on ne verrait plus ma bosse, et alors ce serait mon affaire d'épier le premier accès de sensibilité. Quant aux femmes qui prétendent à l'originalité, la conquête en est facile. Persuadez-leur seulement que c'est une règle bien et dûment établie qu'un bossu ne peut avoir de bonne fortune; elles voudront aussitôt donner le démenti à la règle générale.

- Quel don Juan! s'écria Jules.

- Cassons-nous les jambes, messieurs, dit le colonel Beaujeu, puisque nous avons le malheur de n'être pas nés bossus.

- Je suis tout à fait de l'avis de Saint-Clair dit Hector Roquantin, qui n'avait pas plus de trois pieds et demi de haut ; on voit tous les jours les plus belles femmes et les plus à la mode se rendre à des gens dont vous autres beaux garçons vous ne vous méfieriez jamais...

- Hector, levez-vous, je vous en prie, et sonnez pour qu'on nous apporte du vin ", dit Thémines de l'air du monde le plus naturel.

Le nain se leva, et chacun se rappela en souriant la fable du renard qui a la queue coupée.

" Pour moi, dit Thémines reprenant la conversation, plus je vis, et plus je vois qu'une figure passable ", et en même temps il jetait un coup d'oeil complaisant sur la glace qui lui était opposée, " une figure passable et du goût dans la toilette sont la grande singularité qui séduit les plus cruelles" ; et, d'une chiquenaude, il fit sauter une petite miette de pain qui s'était attachée au revers de son habit.

" Bah! s'écria le nain, avec une jolie figure et un habit de Staub, on a des femmes que l'on garde huit jours et qui vous ennuient au second rendez-vous. Il faut autre chose peur se faire aimer, ce qui s'appelle aimer... Il faut...

- Tenez, interrompit Thémines, voulez-vous un exemple concluant? vous avez tous connu Massigny, et vous savez quel homme c'était. Des manières comme un groom anglais, de la conversation comme son cheval... Mais il était beau comme Adonis et mettait sa cravate comme Brummel. Au total, c'était l'être le plus ennuyeux que j'aie connu.

- Il a pensé me tuer d'ennui, dit le colonel Beaujeu.

Figurez-vous que j'ai été obligé de faire deux cents lieues avec lui.

- Savez-vous, demanda Saint-Clair, qu'il a causé la mort de ce pauvre Richard Thornton, que vous avez tous connu? - Mais, répondit Jules, ne savez-vous donc pas qu'il a été assassiné par les brigands auprès de Fondi?

- D'accord ; mais vous allez voir que Massigny a été au moins complice du crime. Plusieurs voyageurs, parmi lesquels se trouvait Thomton, avaient arrangé d'aller à Naples tous ensemble de peur des brigands.

Massigny voulut se joindre à la caravane. Aussitôt que Thomton le sut, il prit les devants, d'effroi, je pense, d'avoir à passer quelques jours avec lui. Il partit seul, et vous savez le reste.

- Thomton avait raison, dit Thémines ; et, de deux morts, il choisit la plus douce. Chacun à sa place en eût fait autant. " Puis, après une pause :

" Vous m'accordez donc, reprit-il, que Massigny était l'homme le plus ennuyeux de la terre?

- Accordé! s'écria-t-on par acclamation.

- Ne désespérons personne, dit Jules; faisons une exception en faveur de ***, surtout quand il développe ses plans politiques. - Vous m'accorderez présentement, poursuivit Thémines, que Mme de Coursy est une femme d'esprit s'il en fut. " Il y eut un moment de silence. Saint-Clair baissait la tête et s'imaginait que tous les yeux étaient fixés sur lui.

" Qui en doute? dit-il enfin, toujours penché sur son assiette et paraissant observer avec beaucoup de curiosité les fleurs peintes sur la porcelaine.

- Je maintiens, dit Jules élevant la voix, je maintiens que c'est une des trois plus aimables femmes de Paris.

- J'ai connu son mari, dit le colonel. Il m'a souvent montré des lettres charmantes de sa femme.

- Auguste, interrompit Hector Roquantin, présentez-moi donc à la comtesse. On dit que vous faites chez elle la pluie et le beau temps.

- À la fin de l'automne, murmura Saint-Clair, quand elle sera de retour à Paris... Je... je crois qu'elle ne reçoit pas à la campagne.

- Voulez-vous m'écouter? " s'écria Thémines.

Le silence se rétablit. Saint-Clair s'agitait sur sa chaise comme un prévenu devant une cour d'assises.

“ vous n'avez pas vu la comtesse il y a trois ans, vous étiez alors en Allemagne, Saint-Clair, reprit Alphonse de Thémines avec un sang-froid désespérant. Vous ne pouvez vous faire une idée de ce qu'elle était alors : belle, fraîche comme une rose, vive surtout, et gaie comme un papillon. Eh bien, savez-vous, parmi ses nombreux adorateurs, lequel a été honoré de ses bontés? Massigny!

Le plus bête des hommes et le plus sot a tourné la tête de la plus spirituelle des femmes. Croyez-vous qu'un bossu aurait pu en faire autant? Allez, croyez-moi, ayez une jolie figure, un bon tailleur et soyez hardi. " Saint-Clair était dans une position atroce. Il allait donner un démenti formel au narrateur ; mais la peur de compromettre la comtesse le retint. Il aurait voulu pouvoir dire quelque chose en sa faveur ; mais sa langue était glacée. Ses lèvres tremblaient de fureur, et il cherchait en vain dans son esprit quelque moyen détourné d'engager une querelle.

“ Quoi! s'écria Jules d'un air de surprise, Mme de Coursy s'est donnée à Massigny! Frailty thy naine is woman!

- C'est une chose si peu importante que la réputation d'une femme! dit Saint-Clair d'un ton sec et méprisant.

Il est bien permis de la mettre en pièces pour faire un peu d'esprit, et... " Comme il parlait il se rappela avec horreur un certain vase étrusque qu'il avait vu cent fois sur la cheminée de la comtesse à Paris. Il savait que c'était un présent de Massigny à son retour d'Italie ; et, circonstance accablante! ce vase avait été apporté de Paris à la campagne. Et tous les soirs, en ôtant son bouquet, Mathilde le posait dans le vase étrusque.

La parole expira sur ses lèvres ; il ne vit plus qu'une chose, il ne pensa plus qu'à une chose : le vase étrusque!

La belle preuve! dira un critique : soupçonner sa maîtresse pour si peu de chose!

Avez-vous été amoureux, monsieur le critique?

Thémines était en trop belle humeur pour s'offenser du ton que Saint-Clair avait pris en lui parlant. Il répondit d'un air de légèreté et de bonhomie :

“ Je ne fais que répéter ce que l'on a dit dans le monde. La chose passait pour certaine quand vous étiez en Allemagne. Au reste, je connais assez peu Mme de Coursy ; il y a dix-huit mois que je ne suis allé chez elle.

Il est possible qu'on se soit trompé et que Massigny m'ait fait un conte. Pour en revenir à ce qui nous occupe, quand l'exemple que je viens de citer serait faux, je n'en aurais pas moins raison. vous savez tous que la femme de France la plus spirituelle, celle dont les ouvrages... ” La porte s'ouvrit, et Théodore Néville entra. Il revenait d'Égypte.

Théodore! sitôt de retour! Il fut accablé de questions.

“ As-tu rapporté un véritable costume turc? demanda Thémines. As-tu un cheval arabe et un groom égyptien?

- Quel homme est le pacha? dit Jules. Quand il se rendit indépendant? As-tu vu couper une tête d'un seul coup de sabre?

- Et les aimées? dit Roquantin. Les femmes sont-elles belles au Caire?

- Avez-vous vu le général L***? demanda le colonel Beaujeu. Comment a-t-il organisé l'armée du pacha? Le colonel C*** vous a-t-il donné un sabre pour moi?

- Et les pyramides? et les cataractes du Nil? et la statue de Memnon? Ibrahim pacha? etc. ” Tous parlaient à la fois ; Saint-Clair ne pensait qu'au vase étrusque.

Théodore s'étant assis les jambes croisées, car il avait pris cette habitude en Égypte et n'avait pu la perdre en France, attendit que les questionneurs se fussent lassés, et parla comme il suit, assez vite pour n'être pas facilement interrompu.

“ Les pyramides! d'honneur c'est un regular humbug.

C'est bien moins haut qu'on ne croit. Le Munster à Strasbourg n'a que quatre mètres de moins. Les antiquités me sortent par les yeux. Ne m'en parlez pas. La seule vue d'un hiéroglyphe me ferait évanouir Il y a tant de voyageurs qui s'occupent de ces choses-là! Moi, mon but a été d'étudier la physionomie et les moeurs de toute cette population bizarre qui se presse dans les rues d'Alexandrie et du Caire, comme des Turcs, des Bédouins, des Coptes, des Fellahs, des Môghrebins. J'ai rédigé quelques notes à la hâte pendant que j'étais au lazaret. Quelle infamie que ce lazaret! J'espère que vous ne croyez pas à la contagion, vous autres! Moi, j'ai fumé tranquillement ma pipe au milieu de trois cents pestiférés. Ah! colonel, vous verriez là une belle cavalerie, bien montée. Je vous montrerai des armes superbes que j'ai rapportées. J'ai un djerid qui a appartenu au fameux Mourad bey Colonel, j'ai un yatagan pour vous et un khandjar pour Auguste. vous verrez mon metchlâ, mon burnous ; mon hhaïck. Savez-vous qu'il n'aurait tenu qu'à moi de rapporter des femmes? Ibrahim pacha en a tant envoyé de Grèce, qu'elles sont pour rien... Mais à cause de ma mère... J'ai beaucoup causé avec le pacha. C'est un homme d'esprit, parbleu! sans préjugés. vous ne sauriez croire comme il entend bien nos affaires. D'honneur, il est informé des plus petits mystères de notre cabinet. J'ai puisé dans sa conversation des renseignements bien précieux sur l'état des partis en France. Il s'occupe beaucoup de statistique en ce moment. Il est abonné à tous nos journaux. Savez-vous qu'il est bonapartiste enragé! Il ne parle que de Napoléon. Ah! quel grand homme que Bounabardo! me disait-il. Bounabardo, c'est ainsi qu'ils appellent Bonaparte.

- Giourdina, c'est-à-dire Jourdain, murmura tout bas Thémines. - D'abord, continua Théodore, Mohamed Ali était fort réservé avec moi. vous savez que tous les Turcs sont très méfiants. Il me prenait pour un espion, le diable m'emporte! ou pour un jésuite. - Il a les jésuites en horreur. Mais, au bout de quelques visites, il a reconnu que j'étais un voyageur sans préjugés, curieux de m'instruire à fond des coutumes, des moeurs et de la politique de l'Orient. Alors il s'est déboutonné et m'a parié à coeur ouvert. À ma dernière audience, c'était la troisième qu'il m'accordait, je pris la liberté de lui dire :

" Je ne conçois pas pourquoi Ton Altesse ne se rend pas indépendante de la Porte. - Mon Dieu! me dit-il, je le voudrais bien, mais je crains que les journaux libéraux, qui gouvernent tout dans ton pays, ne me soutiennent pas quand une fois j'aurai proclamé l'indépendance de l'Égypte. " C'est un beau vieillard, belle barbe blanche, ne riant jamais. Il m'a donné des confitures excellentes, mais de tout ce que je lui ai donné, ce qui lui a fait le plus de plaisir, c'est la collection des costumes de la garde impériale par Charlet.

- Le pacha est-il romantique? demanda Thémines.

- Il s'occupe peu de littérature ; mais vous n'ignorez pas que la littérature arabe est toute romantique. Ils ont un poète nommé Melek AyataInefous-Ebn-Esraf, qui a publié dernièrement des Méditations auprès desquelles celles de Lamartine paraîtraient de la prose classique. À mon arrivée au Caire, j'ai pris un maître d'arabe, avec lequel je me suis mis à lire le Coran. Bien que je n'aie pris que peu de leçons, j'en ai assez vu pour comprendre les sublimes beautés du style du prophète, et combien sont mauvaises toutes nos traductions. Tenez, voulez-vous voir de l'écriture arabe? Ce mot en lettres d'or c'est Allah, c'est-à-dire Dieu. ” En parlant ainsi, il montrait une lettre fort sale qu'il avait tirée d'une bourse de soie parfumée.

“ Combien de temps es-tu resté en Égypte? demanda Thémines.

- Six semaines. ” Et le voyageur continua de tout décrire, depuis le cèdre jusqu'à l'hysope. Saint-Clair sortit presque aussitôt après son arrivée, et reprit le chemin de sa maison de campagne. Le galop impétueux de son cheval l'empêchait de suivre nettement ses idées. Mais il sentait vaguement que son bonheur en ce monde était détruit à jamais, et qu'il ne pouvait s'en prendre qu'à un mort et à un vase étrusque.

Arrivé chez lui, il se jeta sur le canapé où, la veille il avait si longuement et si délicieusement analysé son bonheur. L'idée qu'il avait caressée le plus amoureusement, c'était que sa maîtresse n'était pas une femme comme une autre, qu'elle n'avait aimé et ne pourrait jamais aimer que lui. Maintenant ce beau rêve disparaissait dans la triste et cruelle réalité. “Je possède une belle femme, et voilà tout. Elle a de l'esprit : elle en est plus coupable, elle a pu aimer Massigny!

- Il est vrai qu'elle m'aime maintenant... de toute son âme... comme elle peut aimer. être aimé comme Massigny l'a été!...

Elle s'est rendue à mes soins, à mes cajoleries, à mes importunités. Mais je me suis trompé. Il n'y avait pas de sympathie entre nos deux coeurs. Massigny ou moi, ce lui est tout un. Il est beau, elle l'aime pour sa beauté.

J'amuse quelquefois madame. “ Eh bien, aimons Saint-Clair s'est-elle dit, puisque l'autre est mort! Et si Saint-Clair meurt ou m'ennuie, nous verrons. ”

Je crois fermement que le diable est aux écoutes invisible auprès d'un malheureux qui se torture ainsi lui-même. Le spectacle est amusant pour l'ennemi des hommes ; et, quand la victime sent ses blessures se fermer, le diable est là pour les rouvrir Saint-Clair crut entendre une voix qui murmurait à ses oreilles :

L'honneur singulier D'être le successeur..

Il se leva sur son séant et jeta un coup d'oeil farouche autour de lui. Qu'il eût été heureux de trouver quelqu'un dans sa chambre! Sans doute il l'eût déchiré.

La pendule sonna huit heures. À huit heures et demie, la comtesse l'attend. - S'il manquait au rendez-vous! “ Au fait, pourquoi revoir la maîtresse de Massigny? ” Il se recoucha sur son canapé et ferma les yeux.

“ Je veux dormir ”, dit-il. Il resta immobile une demi-minute, puis sauta en pieds et courut à la pendule pour voir le progrès du temps. “ Que je voudrais qu'il fût huit heures et demie! pensa-t-il. Alors il serait trop tard pour me mettre en route. ” Dans son coeur il ne se sentait pas le courage de rester chez lui ; il voulait avoir un prétexte. Il aurait voulu être bien malade. Il se promena dans la chambre, puis s'assit, prit un livre, et ne put lire une syllabe. Il se plaça devant son piano, et n'eut pas la force de l'ouvrir. Il siffla, il regarda les nuages et voulut compter les peupliers devant ses fenêtres. Enfin il retourna consulter la pendule, et, vit qu'il n'avait pu parvenir à passer trois minutes. “ Je ne puis m'empêcher de l'aimer, s'écria-t-il en grinçant des dents et frappant du pied ; elle me domine, et je suis son esclave, comme Massigny l'a été avant moi! Eh bien, misérable, obéis, puisque tu n'as pas assez de coeur pour briser une chaîne que tu hais! ” Il prit son chapeau et sortit précipitamment.

Quand une passion nous emporte, nous éprouvons quelque consolation d'amour-propre à contempler notre faiblesse du haut de notre orgueil. “ Il est vrai que je suis faible, se dit-on, mais si je voulais! ” .

Il montait à pas lents le sentier qui conduisait à la porte du parc, et de loin il voyait une figure blanche qui se détachait sur la teinte foncée des arbres. De sa main, elle agitait un mouchoir comme pour lui faire signe.

Son coeur battait avec violence, ses genoux tremblaient ; il n'avait pas la force de parler, et il était devenu si timide, qu'il craignait que la comtesse ne lût sa mauvaise humeur sur sa physionomie.

Il prit la main qu'elle lui tendait, lui baisa le front, parce qu'elle se jeta sur son sein, et il la suivit jusque dans son appartement, muet, et étouffant avec peine des soupirs qui semblaient devoir faire éclater sa poitrine. Une seule bougie éclairait le boudoir de la comtesse.

Tous deux s'assirent. Saint-Clair remarqua la coiffure de son amie ; une seule rose dans ses cheveux. La veille, il lui avait apporté une belle gravure anglaise, la duchesse de Portland d'après Lesly (elle est coiffée de cette manière), et Saint-Clair n'avait dit que ces mots :

“ J'aime mieux cette rose toute simple que vos coiffures compliquées. ” Il n'aimait pas les bijoux, et il pensait comme ce lord qui disait brutalement.: “ À femmes parées, à chevaux caparaçonnés, le diable ne connaîtrait rien. ” La nuit dernière en jouant avec un collier de perles de la comtesse (car en parlant, il fallait toujours qu'il eût quelque chose entre les mains), il avait dit :

“ Les bijoux ne sont bons que pour cacher des défauts.

vous êtes trop jolie, Mathilde, pour en porter ” Ce soir, la comtesse, qui retenait jusqu'à ses paroles les plus indifférentes, avait ôté bagues, colliers, boucles d'oreilles et bracelets. - Dans la toilette d'une femme il remarquait, avant tout, la chaussure, et, comme bien d'autres, il avait ses manies sur ce chapitre. Une grosse averse était tombée avant le coucher du soleil. L'herbe était encore toute mouillée; cependant la comtesse avait marché sur le gazon humide avec des bas de soie et des souliers de satin noir... Si elle allait être malade?

“ Elle m'aime ”, se dit Saint-Clair .

Et il soupira sur lui-même et sur sa folie, et il regardait Mathilde en souriant malgré lui, partagé entre sa mauvaise humeur et le plaisir de voir une jolie femme qui cherchait à lui plaire par tous ces petits riens qui ont tant de prix pour les amants.

Pour la comtesse, sa physionomie radieuse exprimait un mélange d'amour et de malice enjouée qui la rendait encore plus aimable. Elle prit quelque chose dans un coffre en laque du Japon, et, présentant sa petite main fermée et cachant l'objet qu'elle tenait :

“ L'autre soir dit-elle, j'ai cassé votre montre. La voici raccommodée. ” Elle lui remit la montre, et le regardait d'un air à la fois tendre et espiègle, en se mordant la lèvre inférieure, comme pour s'empêcher de rire. vive Dieu! que ses dents étaient belles! comme elles brillaient blanches sur le rose ardent de ses lèvres! (Un homme a l'air bien sot quand il reçoit froidement les cajoleries d'une jolie femme.) Saint-Clair la remercia, prit la montre et allait la mettre dans sa poche :

“ Regardez donc, continua-t-elle, ouvrez-la, et voyez si elle est bien raccommodée. vous qui êtes si savant, vous qui avez été à l'École polytechnique, vous devez voir cela.

- Oh! je m'y connais fort peu ”, dit Saint-Clair Et il ouvrit la boîte de la montre d'un air distrait.

Quelle fut sa surprise! le portrait en miniature de Mme de Coursy était peint sur le fond de la boîte. Le moyen de bouder encore? Son front s'éclaircit ; il ne pensa plus à Massigny; il se souvint seulement qu'il était auprès d'une femme charmante, et que cette femme l'adorait.

L'alouette, cette messagère de l'aurore, commençait à chanter, et de longues bandes de lumière pâle sillonnaient les nuages à l'orient. C'est alors que Roméo dit adieu à Juliette; c'est l'heure classique où tous les amants doivent se séparer Saint-Clair était debout devant une cheminée, la clef du parc à la main, les yeux attentivement fixés sur le vase étrusque dont nous avons déjà parlé. Il lui gardait encore rancune au fond de son âme. Cependant il était en belle humeur, et l'idée bien simple que Thémines avait pu mentir commençait à se présenter à son esprit.

Pendant que la comtesse, qui voulait le reconduire jusqu'à la porte du parc, s'enveloppait la tête d'un châle, il frappait doucement de sa clef le vase odieux, augmentant progressivement la force de ses coups, de manière à faire croire qu'il allait bientôt le faire voler en éclats.

“ Ah! Dieu! prenez garde! s'écria Mathilde ; vous allez casser mon beau vase étrusque. ” Et elle lui arracha la clef des mains.

Saint-Clair était très mécontent, mais il était résigné.

Il tourna le dos à la cheminée pour ne pas succomber à la tentation, et, ouvrant sa montre, il se mit à considérer le portrait qu'il venait de recevoir “ Quel est le peintre? demanda-t-il.

-M. R... Tenez, c'est Massigny qui me l'a fait connaître. (Massigny, depuis son voyage à Rome, avait découvert qu'il avait un goût exquis pour les beaux-arts, et s'était fait le Mécène de tous les jeunes artistes.) vraiment, je trouve que ce portrait me ressemble, quoique un peu flatté. ” Saint-Clair avait envie de jeter la montre contre la muraille, ce qui l'aurait rendue bien difficile à raccommoder Il se contint pourtant et la remit dans sa poche ; puis, remarquant qu'il était déjà jour il sortit de la maison, supplia Mathilde de ne pas l'accompagner traversa le parc à grands pas, et, dans un moment, il fut seul dans la campagne.

“ Massigny! Massigny! s'écriait-il avec une rage concentrée, te trouverai-je donc toujours!... Sans doute, le peintre qui a fait ce portrait en a peint un autre pour Massigny!... Imbécile que j'étais! J'ai pu croire un instant que j'étais aimé d'un amour égal au mien... et cela parce qu'elle se coiffe avec une rose et qu'elle ne porte pas de bijoux!... elle en a plein un secrétaire... Massigny, qui ne regardait que la toilette des femmes, aimait tant les bijoux!... Oui, elle a un bon caractère il faut en convenir. Elle sait se conformer aux goûts de ses amants. Morbleu! j'aimerais mieux cent fois qu'elle fût une courtisane et qu'elle se fût donnée pour de l'argent.

Au moins pourrais-je croire qu'elle m'aime, puisqu'elle est ma maîtresse et que je ne la paie pas. ” Bientôt une autre idée encore plus affligeante vint s'offrir à son esprit. Dans quelques semaines, le deuil de la comtesse allait finir Saint-Clair devait l'épouser aussitôt que l'année de son veuvage serait révolue. Il l'avait promis. Promis? Non. Jamais il n'en avait parlé. Mais telle avait été son intention, et la comtesse l'avait comprise. Pour lui, cela valait un serment. La veille, il aurait donné un trône pour hâter le moment où il pourrait avouer publiquement son amour ; maintenant il frémissait à la seule idée de lier son sort à l'ancienne maîtresse de Massigny.

“ Et pourtant JE LE Dois! se disait-il, et cela sera. Elle a cru sans doute, pauvre femme, que je connaissais son intrigue passée. Ils disent que la chose a été publique.

Et puis, d'ailleurs, elle ne me connaît pas... Elle ne peut me comprendre. Elle pense que je ne l'aime que comme Massigny l'aimait. ” Alors il se dit non sans orgueil :

“Trois mois elle m'a rendu le plus heureux des hommes. Ce bonheur vaut bien le sacrifice de ma vie entière. ” Il ne se coucha pas, et se promena à cheval dans les bois pendant toute la matinée. Dans une allée du bois de verrières, il vit un homme monté sur un beau cheval anglais qui de très loin l'appela par son nom et l'accosta sur-le-champ. C'était Alphonse de Thémines. Dans la situation d'esprit où se trouvait Saint-Clair, la solitude est particulièrement agréable: aussi la rencontre de Thémines changea-t-elle sa mauvaise humeur en une colère étouffée. Thémines ne s'en apercevait pas, ou bien se faisait un malin plaisir de le contrarier, Il parlait, il riait, il plaisantait sans s'apercevoir qu'on ne lui répondait pas. Saint-Clair voyant une allée étroite y fit entrer son cheval aussitôt, espérant que le fâcheux ne l'y suivrait pas ; mais il se trompait ; un fâcheux ne lâche pas facilement sa proie. Thémines tourna bride et doubla le pas pour se mettre en ligne avec Saint-Clair et continuer la conversation plus commodément.

J'ai dit que l'allée était étroite. À toute peine les deux chevaux pouvaient y marcher de front ; aussi n'est-il pas extraordinaire que Thémines, bien que très bon cavalier effleurât le pied de Saint-Clair en passant à côté de lui. Celui-ci, dont la colère était arrivée à son dernier période, ne put se contraindre plus longtemps. Il se leva sur ses étriers et frappa fortement de sa badine le nez du cheval de Thémines.

“ Que diable avez-vous, Auguste? s'écria Thémines.

Pourquoi battez-vous mon cheval?

-Pourquoi me suivez-vous? répondit Saint-Clair d'une voix terrible.

- Perdez-vous le sens, Saint-Clair? Oubliez-vous que vous me parlez?

- Je sais bien que je parle à un fat.

- Saint-Clair!... vous êtes fou, je pense... Écoutez:

demain, vous me ferez des excuses, ou bien vous me rendrez raison de votre impertinence.

- À demain donc, monsieur ” Thémines arrêta son cheval; Saint-Clair poussa le sien ; bientôt il disparut dans le bois.

Dans ce moment, il se sentit plus calme. Il avait la faiblesse de croire aux pressentiments. Il pensait qu'il serait tué le lendemain, et alors c'était un dénouement tout trouvé à sa position. Encore un jour à passer; demain, plus d'inquiétudes, plus de tourments. Il rentra chez lui, envoya son domestique avec un billet au colonel Beaujeu, écrivit quelques lettres, puis il dîna de bon appétit, et fut exact à se trouver à huit heures et demie à la petite porte du parc.

“ Qu'avez-vous donc aujourd'hui, Auguste? dit la comtesse. vous êtes d'une gaieté étrange, et pourtant vous ne pouvez me faire rire avec toutes vos plaisanteries. Hier vous étiez tant soit peu maussade, et, moi, j'étais si gaie! Aujourd'hui, nous avons changé de rôle. Moi, j'ai un mal de tête affreux.

-Belle amie, je l'avoue, oui, j'étais bien ennuyeux hier. Mais, aujourd'hui, je me suis promené, j'ai fait de l'exercice ; je me porte à ravir.

- Pour moi, je me suis levée tard, j'ai dormi longtemps ce matin, et j'ai fait des rêves fatigants.

- Ah! des rêves? Croyez-vous aux rêves?

- Quelle folie!

- Moi, j'y crois ; je parie que vous avez fait un rêve qui annonce quelque événement tragique.

- Mon Dieu, jamais je ne me souviens de mes rêves.

Pourtant, je me rappelle... dans mon rêve j'ai vu Massigny ; ainsi vous voyez que ce n'était rien de bien amusant.

- Massigny? J'aurais cru, au contraire, que vous auriez beaucoup de plaisir à le revoir?

- Pauvre Massigny!

- Pauvre Massigny?

- Auguste, dites-moi, je vous en prie, ce que vous avez ce soir Il y a dans votre sourire quelque chose de diabolique. vous avez l'air de vous moquer de vous-même.

- Ah! voilà que vous me traitez aussi mal que me traitent les vieilles douairières, vos amies.

- Oui, Auguste, vous avez aujourd'hui la figure que vous avez avec les gens que vous n'aimez pas.

- Méchante! allons, donnez-moi votre main. " Il lui baisa la main avec une galanterie ironique et ils se regardèrent fixement pendant une minute. Saint-Clair baissa les yeux le premier et s'écria : .

“ Qu'il est difficile de vivre en ce monde sans passer pour méchant! Il faudrait ne jamais parler d'autre chose que du temps ou de la chasse, ou bien discuter avec vos vieilles amies le budget de leurs comités de bienfaisance. ” Il prit un papier sur une table :

“ Tenez, voici le mémoire de votre blanchisseuse de fin. Causons là-dessus, mon ange : comme cela, vous ne direz pas que je suis méchant.

- En vérité, Auguste, vous m'étonnez...

- Cette orthographe me fait penser à une lettre que j'ai trouvée ce matin. Il faut vous dire que j'ai rangé mes papiers, car j'ai de l'ordre de temps en temps. Or donc, j'ai retrouvé une lettre d'amour que m'écrivait une couturière dont j'étais amoureux quand j'avais seize ans.

Elle a une manière à elle d'écrire chaque mot, et toujours la plus compliquée. Son style est digne de son orthographe. Eh bien, comme j'étais alors tant soit peu fat, je trouvai indigne de moi d'avoir une maîtresse qui n'écrivît pas comme Sévigné. Je la quittai brusquement.

Aujourd'hui, en relisant cette lettre, j'ai reconnu que cette couturière devait avoir un amour véritable pour moi.

- Bon! une femme que vous entreteniez?...

- Très magnifiquement : à cinquante francs par mois.

Mais mon tuteur ne me faisait pas une pension trop forte, car il disait qu'un jeune homme qui a de l'argent se perd et perd les autres.

- Et cette femme, qu'est-elle devenue?

- Que sais-je?... Probablement elle est morte à l'hôpital.

- Auguste... si cela était vrai, vous n'auriez pas cet air insouciant.

- S'il faut dire la vérité, elle s'est mariée à un honnête homme ; et, quand on m'a émancipé, je lui ai donné une petite dot.

- Que vous êtes bon!... Mais pourquoi voulez-vous paraître méchant?

- Oh! je suis très bon... Plus j'y songe, plus je me persuade que cette femme m'aimait réellement... Mais alors je ne savais pas distinguer un sentiment vrai sous une forme ridicule.

- vous auriez dû m'apporter votre lettre. Je n'aurais pas été jalouse... Nous autres femmes, nous avons plus de tact que vous, et nous voyons tout de suite au style d'une lettre, si l'auteur est de bonne foi, ou s'il feint une passion qu'il n'éprouve pas.

- Et cependant combien de fois vous laissez-vous attraper par des sots ou des fats! ” En parlant il regardait le vase étrusque, et il y avait dans ses yeux et dans sa voix une expression sinistre que Mathilde ne remarqua point.

“ Allons donc! vous autres hommes, vous voulez tous passer pour des don Juan. vous vous imaginez que vous faites des dupes, tandis que souvent vous ne trouvez que des dofla Juana, encore plus rouées que vous.

- Je conçois qu'avec votre esprit supérieur mesdames, vous sentez un sot d'une lieue. Aussi je ne doute pas que votre ami Massigny qui était sot et fat, ne soit mort vierge et martyr..

- Massigny? Mais il n'était pas trop sot, et puis il y a des femmes sottes. Il faut que je vous conte une histoire sur Massigny... Mais ne vous l'ai-je pas déjà contée, dites-moi?

- Jamais, répondit Saint-Clair d'une voix tremblante.

- Massigny, à son retour d'Italie, devint amoureux de moi. Mon mari le connaissait ; il me le présenta comme un homme d'esprit et de goût. Ils étaient faits l'un pour l'autre. Massigny fut d'abord très assidu ; il me donnait comme de lui des aquarelles qu'il achetait chez Schroth, et me parlait musique et peinture avec un ton de supériorité tout à fait divertissant. Un jour il m'envoya une lettre incroyable. Il me disait, entre autres choses, que j'étais la plus honnête, femme de Paris ; c'est pourquoi il voulait être mon amant. Je montrai la lettre à ma cousine Julie. Nous étions deux folles alors, et nous résolûmes de lui jouer un tour. Un soir, nous avions quelques visites, entre autres Massigny. Ma cousine me dit : "Je vais vous lire une déclaration d'amour que j'ai reçue ce matin. " Elle prend la lettre et la lit au milieu des éclats de rire... Le pauvre Massigny. " Saint-Clair tomba à genoux en poussant un cri de joie. Il saisit la main de la comtesse, et la couvrit de baisers et de larmes. Mathilde était dans la dernière surprise, et crut d'abord qu'il se trouvait mal. Saint-Clair ne pouvait dire que ces mots : " Pardonnez-moi! pardonnez-moi! " Enfin il se releva. Il était radieux.

Dans ce moment, il était plus heureux que le jour où Mathilde lui dit pour la première fois : " Je vous aime. " " Je suis le plus fou et le plus coupable des hommes, s'écria-t-il ; depuis deux jours, je te soupçonnais... et je n'ai pas cherché une explication avec toi...

- Tu me soupçonnais!... Et de quoi?

- Oh! je suis un misérable!... On m'a dit que tu avais aimé Massigny, et...

-Massigny! " et elle se mit à rire; puis, reprenant aussitôt son sérieux: "Auguste, dit-elle, pouvez-vous être assez fou pour avoir de pareils soupçons, et assez hypocrite pour me les cacher! " Une larme roulait dans ses yeux.

" Je t'en supplie, pardonne-moi.

- Comment ne te pardonnerais-je pas, cher ami?...

Mais d'abord laisse-moi te jurer..

- Oh! je te crois, je te crois, ne me dis rien.

- Mais au nom du Ciel, quel motif a pu te faire soupçonner une chose aussi improbable?

- Rien, rien au monde que ma mauvaise tête... et...

vois-tu, ce vase étrusque, je savais qu'il t'avait été donné par Massigny... " La comtesse joignit les mains d'un air d'étonnement ; puis elle s'écria, en riant aux éclats :

" Mon vase étrusque! mon vase étrusque! " Saint-Clair ne put s'empêcher de rire lui-même, et cependant de grosses larmes coulaient le long de ses joues. Il saisit Mathilde dans ses bras, et lui dit :

" Je ne te lâche pas que tu ne m'aies pardonné.

- Oui, je te pardonne, fou que tu es! dit-elle en l'embrassant tendrement. Tu me rends bien heureuse aujourd'hui ; voici la première fois que je te vois pleurer et je croyais que tu ne pleurais pas. " Puis, se dégageant de ses bras, elle saisit le vase étrusque et le brisa en mille pièces sur le plancher.

(C'était une pièce rare et inédite. On y voyait peint, avec trois couleurs, le combat d'un Lapithe contre un Centaure.) Saint-Clair fut, pendant quelques heures, le plus honteux et le plus heureux des hommes.

" Eh bien, dit Roquantin, au colonel Beaujeu qu'il rencontra le soir chez Tortoni, la nouvelle est-elle vraie?

- Trop vraie, mon cher, répondit le colonel d'un air triste.

- Contez-moi donc comment cela s'est passé.

- Oh! fort bien, Saint-Clair a commencé par me dire qu'il avait tort, mais qu'il voulait essuyer le feu de Thémines avant de lui faire des excuses. Je ne pouvais que l'approuver Thémines voulait que le sort décidât lequel tirerait le premier. Saint-Clair a exigé que ce fût Thémines. Thémines a tiré : j'ai vu Saint-Clair tourner une fois sur lui-même, et il est tombé raide mort. J'ai déjà remarqué, dans bien des soldats frappés de coups de feu, ce tournoiement étrange qui précède la mort.

- C'est fort extraordinaire, dit Roquantin. Et Thémines, qu'a-t-il fait?

- Oh! ce qu'il faut faire en pareille occasion. Il a jeté son pistolet à terre d'un air de regret. Il l'a jeté si fort, qu'il en a cassé le chien. C'est un pistolet anglais de Manton ; je ne sais s'il pourra trouver à Paris un arquebusier qui soit capable de lui en refaire un. "

La comtesse fut trois ans entiers sans voir personne ; hiver comme été, elle demeurait dans sa maison de campagne, sortant à peine de sa chambre, et servie par une mulâtresse qui connaissait sa liaison avec Saint-Clair, et à laquelle elle ne disait pas deux mots par jour.

Au bout de trois ans, sa cousine Julie revint d'un long voyage ; elle força la porte et trouva la pauvre Mathilde si maigre et si pâle, qu'elle crut voir le cadavre de cette femme qu'elle avait laissée belle et pleine de vie. Elle parvint avec peine à la tirer de sa retraite, et à l'emmener à Hyères. La comtesse y languit encore trois ou quatre mois, puis elle mourut d'une maladie de poitrine causée par des chagrins domestiques, comme dit le docteur M... qui lui donna des soins.

1830